AF288996

.

Bibliografische Information der Deutschen Nationalbibliothek:

Die Deutsche Nationalbibliothek verzeichnet diese Publikation in der Deutschen Nationalbibliografie.

Detaillierte bibliografische Daten sind im Internet über http://dnb.d-nb.de abrufbar.

Dieses Werk ist einschließlich aller seiner Teile urheberrechtlich geschützt. Jede Verwertung und Verwendung außerhalb der engen Freigrenzen des Urheberrechtsgesetzes ohne Zustimmung des Copyright-Besitzers ist unzulässig und strafbar.

Dies gilt insbesondere für Reproduktionen, Speicherung in Datenverarbeitungsanlagen, Wiedergabe auf elektronischen, fotomechanischen oder ähnlichen Wegen, Übersetzungen und Mikroverfilmungen. Sämtliche Rechte bzgl. Idee, Text, Bilder, Umschlag- und Buchgestaltung liegen beim Autor.

Copyright : Juni 2023 - Wolfgang Pein

Herstellung und Verlag:

BoD – Books on Demand, Norderstedt

ISBN-Nr.: 9783757814816

®

FSC
www.fsc.org

MIX

Papier aus ver-
antwortungsvollen
Quellen
Paper from
responsible sources

FSC® C105338

Wolfgang Pein

Gerechtigkeit ist manchmal ganz dünnes Eis

Untertitel:

… oder Murphy`s Gesetz ?

P r o l o g :

„Recht haben und Recht bekommen", so sagt ein mir im Augenblick unbekannter Verfasser, „ist wohl manchmal Zweierlei !"

Anzunehmen ist, dass dieser Verfasser aus dem Bereich des Justizwesens kommt und vermutlich aus einem anwaltlichen Bereich.

Zugegeben, für die Justiz - deren Sinnbilder ja Waage und die verbundenen Augen der Justitia sind – ist es nicht immer leicht, Ereignisse 100%ig klären zu können, daraus dann noch verständlich Recht zu sprechen, es jedem recht zu machen.

Und dass immer wieder - auch nachträglich betrachtet – scheinbar gerechte Urteile manchmal erst viel später als Unrecht berichtigt werden, ist ebenfalls eine Tatsache, die dann in den Meldungen der Presse ihre Beachtung findet.

Für wen kann so etwas dann schlimmer sein, als für den mit Unrecht gestraften Betroffenen, der zeitweise sehr lange unter einer für ihn bitteren und ungerechten Schuld leiden muss – und manchmal diese Leidenszeit nie aufhört.

Ein Fass läuft über !

Jetzt war es **schon wieder passiert**!
Mehrfach war Leopold in so eine grübelnde Lage
geraten. Wenn man zurück dachte, dann war es
jetzt bereits der 6. Fall – ein sechster Fall von
bitterer Ungerechtigkeit, die ihm oder einem
Familien-Angehörigen widerfahren war.

Zwischen diesen Dingen war manchmal ein
jahrelanger Abstand, aber das machte die Sache
im Augenblick für ihn auch nicht besser.

Als vor einigen Monaten dieser **sechste Fall**
eintraf, hatte er noch den Kopf geschüttelt. Was
war aus solch einem harmlosen Fall geworden?

Was nur ein absoluter Routine-Versicherungs-Fall
war, hatte sich zu einem Alptraum entwickelt.
Normal wäre das noch nicht so schlimm gewesen,
aber da gab es ja noch die „vorherigen" 5 Vorfälle.

Und nun summierte sich dies alles sehr heftig.
Die Gesamtzahl der nun sechs Vorfälle brachte
das Fass jetzt zum Überlaufen. Es reicht !

Persönliche Rückfragen an Sachbearbeiter hatten
zunächst einen positiven Verlauf gezeichnet -
dann trafen immer neue Schreiben ein.

Und wenn aus einer unschuldigen Geschädigten dann eine Beschuldigte in der Familie entsteht, dann ist „Schluss mit lustig" – und zwar endgültig!

Eine Stadt in Norddeutschland.

Keine guten Gedanken waren es, als Leopold jetzt in seinem Auto saß. Ärgerlich war sein Blick auf ein großes Gebäude vor ihm gerichtet. Und sein Blick konzentrierte sich auf den Nacht-Briefkasten im Eingang des Gebäudes.

Der große Parkplatz hatte sich geleert, und mit seinem Fahrzeug befanden sich nur noch eine Handvoll weitere dort. Es war bereits dunkel.

Leopold schnaufte ein letztes Mal kräftig -
seine Gedanken spielten noch einmal durch:
„Soll ich – oder soll ich nicht."

Dann öffnete er entschlossen die Autotür. Als er zügig auf das Gebäude zuging, hatte er in seinen Händen einen ziemlich dicken Umschlag. Mit grimmigem Blick betrat er die ersten Treppen-Stufen Richtung Eingang, doch mit jeder Stufe wurde er langsamer. Zugleich kämpfte immer noch Zweierlei in ihm: **„Soll ich – oder nicht ?!"**

Leopold hatte jetzt bereits die Hälfte der Stufen grimmig, aber mit Elan hinter sich gebracht.

Es war mehr unbewusst, dass er trotzdem noch einmal stehen blieb und sich nach seinem Auto umsah.

Dann blickte er wieder auf den Umschlag in seiner Hand und wendete sich wieder dem Gebäude zu.

Nach zwei Schritten blieb er erneut stehen

Als er seinen Blick noch einmal in Richtung Parkplatz wendete, bemerkte er einen Streifenwagen, der vor dem von Leopold angestrebten Gebäude vorfuhr, offensichtlich eine Sichtprüfung machte.

Leopold fühlte sich ertappt, drehte sich erneut um, die bereits erklommenen Stufen zum Gebäude jetzt wieder verlassend.

Erneut kamen in Leopold Zweifel auf.

„Soll ich es tun – oder nicht ?"

All die Erinnerungen daran schossen ihm durch den Kopf, Erinnerungen daran, aus deren Gründen er jetzt hier stand.

Ein erster Vertrauensverlust

Froh gelaunt waren Elsbeth und Leopold in ihr Auto gestiegen und befanden sich auf der Autobahn – auf der Rückfahrt nach Hause.

Der Urlaub im Südtirol war wieder einmal „Erste Sahne" gewesen. Froh waren die beiden also nicht, weil der Urlaub jetzt zu Ende war, sondern weil er so unglaublich schön war. Auf die beiden wartete nicht nur ihr gemütliches Zuhause, sondern auch ihr lieber Kater, der sie sicherlich vermisst hat, obwohl die freundliche Nachbarin ihn mit Essen, Trinken und vielen Streicheleinheiten immer sehr gut versorgt.

Die Pension in Norditalien – kurz vor Meran - zeichnete sich nicht nur durch ihre sehr lieben und aufmerksamen Besitzer aus, sondern auch durch ihre hervorragende Lage, weil man in alle Richtungen sehr viel unternehmen kann – von der leichten Wanderung angefangen, bis hoch hinauf auf einen Dreitausender.

Und in diesem Jahr hatte Leopold zusammen mit seinem Freund Karl auch seinen ersten Dreitausender erklommen – genau gesagt die „Hintere-Schöntauf-Spitze" mit ihren 3325 Metern.

Also – insgesamt waren es so wunderschöne drei Wochen, die noch dadurch ergänzt wurden, dass Elsbeth und Leopold auf ihrem Weg nach Hause noch eine Nacht bei Freunden in Österreich verbrachten.

Das alles lag nun erst einmal schon weit hinter ihnen – aber die Autobahn würde sie noch die nächsten Stunden beschäftigen und ihre volle Aufmerksamkeit erfordern.

Im Autoradio wurde die Musik durch eine Warn-Nachricht unterbrochen:

„Vorsicht - bei Pfaffenhofen gibt es immer wieder mal Stillstand -
durch einen Unfall auf der BAB!"

Leopold und Elsbeth in ihrem Astra sahen sich an und ihre Blicke sagten: „Bloß jetzt keinen Stau auf unserer noch langen Heimfahrt!"

Noch ging alles gut – der Verkehr lief. Dann war bald der im Radio durchgesagte Ort in der Nähe. Und jetzt gab es die ersten Bremslichter zu sehen, eine lange Reihe von Bremslichtern.

Zum Glück kam der Verkehr nicht zum Erliegen. Die Schlange setzte sich wieder in Bewegung. So ging es einige Kilometer lang – Stopp bis fast zum Stillstand, dann folgte wieder freie Fahrt.

Höchste Aufmerksamkeit war geboten, so wie es immer bei Fahrten nicht nur auf der Autobahn sein sollte. Leopold sagte gerade: „Hoffentlich haben die anderen Mitstreiter hier auch die Warn-Nachricht gehört und rücken uns nicht zu nahe auf die Pelle!"

Kaum war dieser Satz beendet, stoppte der Verkehr vor ihnen – abrupt, dieses Mal endgültig.

Der Astra kam auf der linken Spur zum stehen – etwa 2 Meter hinter einem BMW. Der Vorgang war wirklich trotz aller Vorsicht so etwas von abrupt, dass hier der Abstand zum vor ihnen stehenden Fahrzeug kürzer war, als es Leopold ansonsten gewohnt und lieb war.

Leopold sah in den Rückspiegel - wie man es instinktiv macht in so einer Situation. „Was macht der nachfolgende Verkehr?" - eine manchmal lebenswichtige Entscheidung.

Im Rückspiegel wurde ein nachfolgendes Fahrzeug sichtbar größer. Und – es machte nicht die Anstalten, dass es noch rechtzeitig halten würde. Es geschah in Sekunden.

Leopolds Gedanke war „Gib ihm noch etwas zusätzlichen Platz!" Sein Gedanke war auch „Es kommt sicher genügend vor, dass manchmal der eine oder andere Meter reicht, damit es nicht kracht - damit der Hintermann mehr Platz hat."

Der Astra bewegte sich vorwärts – einen Meter, dann noch ein Stück und **stand** nun sehr eng hinter dem BMW, wohl weniger als einen halben Meter. Leopold starrte in den Rückspiegel.

Elsbeth schluckte und sagte, als der Astra stand: „Gott sei Dank!" Sie ahnte ja nicht „warum" ihr Mann noch näher an den BMW aufrückte. Der Wagen im Rückspiegel wurde noch größer und eine Sekunde nach dem „Dank an Gott" folgte hinten rechts der Anstoß an den Astra.

Es war ein großer schwerer Ford, der den Astra noch hinten rechts erwischte, das rechte Rücklicht zerstörte und die ganze rechte Seite entlang schrammte, bis er zum halten kam, nachdem er den Astra durch das Auffahren und das Entlang-Schrammen auf den BMW „aufgeschoben hatte".

Elsbeth war geschockt. Sie hatte den Ford ja nicht kommen sehen, sich noch bedankt, als man hinter dem BMW stillstand. Bedankt man sich ansonsten wohl dafür, wenn man auf irgendetwas auffährt? **Wohl kaum !**

Der weitere nachfolgende Verkehr hatte zum Glück und durch Aufmerksamkeit rechtzeitig anhalten können. Die drei Fahrer der am Unfall beteiligten Fahrzeuge stiegen aus.

Der BMW-Fahrer sagte zu Leopold. „Hätten sie nicht noch etwas früher bremsen können?" Leopold nahm ihn mit hinter den Astra und zeigte ihm, was der Ford angerichtet hatte.

„Oh Gott!", sagte der BMW-Fahrer, „Das hätte ja noch viel schlimmer ausgehen können. Wenn der Ford sie nur ein Stück weiter links erwischt hätte, dann hätte er sie ja voll auf meinen BMW gejagt!"

Leopold nickte: „Um dem noch mehr Platz zu geben, habe ich den Astra ja noch vorgezogen."

Der BMW-Fahrer nickte wieder. „Vielleicht hat uns das gerettet, dass nicht noch mehr passiert ist. Wir alle oder einige von uns hätten sonst im Krankenhaus landen können! Das ist ein gewaltiges Gewicht, welches der große Ford da zusammen bringt und wohl voll mit Urlaubskoffern als zusätzlichem Gewicht beladen!"

Der Ford-Fahrer kam jetzt hinzu, nachdem er wohl seine Frau beruhigt hatte. Die Frau hatte einen kleinen weißen Hund auf dem Schoß. Ausgestiegen war sie nicht. Waren die Insassen des Fords etwa vom Hund abgelenkt, dass sie die zum Stillstand gekommenen Wagen vor ihnen nicht rechtzeitig bemerkt hatten?

Leopold zeigte nur stumm auf den Schaden am Astra und sagte zum Ford-Menschen: „Nicht genug, dass hinten und rechts Schaden da ist – vorne haben sie mich auch noch auf den BMW aufgeschoben!"

Die Antwort war ernüchternd und machte Leopold fassungslos. „Da werden sie wohl selbst aufgefahren sein!"

BMW und Astra-Opfer sahen sich an, bis der BMW-Mann sagte: „Es gab nur einen Anstoß! Wenn der Astra aufgefahren wäre, hätte es einen zweiten gegeben – allein durch den Vorwärtstrieb beim Streifen durch den Ford. Glauben sie mir, ich habe mein Leben lang Taxi gefahren und genug Erfahrung!"

Der Ford-Mensch blieb bei seiner Aussage. Inzwischen hupten einige Fahrzeuge hinter der Unfallstelle.   Die drei Fahrer machten die Fahrspuren der Autobahn nach Austausch der Daten wieder frei.

Am BMW war kein Schaden sichtbar zu erkennen. Ford und Astra konnten die Fahrt ebenso fort setzen. Leopold fuhr auf die nächste Raststätte.

Da beide Scheinwerfer vorn am Astra nicht mehr funktionierten, hofften Elsbeth und Leopold, dass sie noch im letzten Büchsenlicht Zuhause ankommen werden, was gerade noch so gelang.

Obwohl froh darüber, unverletzt geblieben zu sein, hatten die beiden kein gutes Gefühl, was jetzt im Zuge der Schaden-Regulierung erfolgen wird, wenn sie nur an den Satz des Ford-Fahrers dachten „Da werden sie selbst aufgefahren sein!"

Das alles war jetzt ungefähr an die 25 Jahre her. Doch unvergessen blieb der Unfall in den Köpfen haften und das, was dann geahnter Weise danach noch juristisch folgte.

Elsbeth und Leopold beauftragten einen Anwalt, der ihnen von ihrer Rechtsschutz-Versicherung empfohlen wurde. Eine einfache Schaden-Regulierung würde auf Grund der Uneinsichtigkeit des Ford-Fahrers nicht möglich sein.

Es kam – wie geahnt – zu einer gerichtlichen ungemütlichen Auseinandersetzung, da die gegnerische Versicherung die Regulierung des Frontschadens am Astra ablehnte – mit der Begründung, die der Ford-Fahrer bereits am Unfallort gegeben hatte.

Leopold und Anwalt mussten in einen entfernten Gerichtsort fahren. Der Unfall-Ford-Fahrer wohnte dort, dessen Versicherung war dort ansässig, der vom dortigen Gericht bestellte Sachverständige kam ebenfalls von dort.

Welch eine geballte Macht aus „einem" Ort war dort gegen Leopolds Astra-Schaden angetreten.

Es kam – wie geahnt und wie es kommen musste. Der Sachverständige gab zu Protokoll, dass ein Astra-BMW-Auffahren „möglich" sein „könnte".

Da stehst du verloren im Gerichtssaal, wissentlich, wie es wirklich war – schließlich warst du dabei! Und nicht nur du, sondern auch Elsbeth, die gar nicht erst geladen war, da es ausschließlich auf den Sachverständigen ankam.

Leopold war beruflich viele Jahre Justiz-erfahren. Er wusste genau, dass es auch so ausgehen kann. Aber unschuldig eine Klatsche zu bekommen, traf ihn dann doch mit voller Wucht.

Dennoch gab Leopold dem Richter keine Schuld. Was sollte der anders entscheiden, wenn zwei gegensätzliche Meinungen da sind und der Sachverständige etwas doch nicht ausschließt, was letztlich bedeutet, dass die Schadenforderung am Astra vorne auf der Strecke bleibt. Dies wurde auch nach Ende der Verhandlung bei einem persönlichen Gespräch mit dem Richter noch angesprochen, der sichtlich auch nicht zufrieden mit diesem Ausgang des Verfahrens war, nachdem er Leopolds Gegner triumphierend aus dem Saal entschwinden sah.

Die Rückfahrt nach Hause war ziemlich wortkarg. Über eine Berufung wollte man nach Zustellung der Gerichtsentscheidung nachdenken. Leopold versuchte durch Recherchen Material in die Hand zu bekommen – für eine Berufung.

Vergleichbare Fälle würden wohl nicht weiter helfen – anhand der Sachverständigen-Aussage. Aber Leopold dachte nicht an eine Aufgabe und sah sich wieder und wieder das Gutachten des Sachverständigen an.

Dort machte er dann eine Entdeckung! In dem Gutachten wurde erläutert, dass der Astra wohl unter die Stoßstange des BMW geraten war, „eventuell" beim Abbremsen, also durch Absinken der Vorderfront, was dann zum Vorderschaden geführt haben könnte?   Immer dieses „könnte"!

Das musst du erst einmal, zweimal und immer wieder lesen, wutschnaufend, weil du es ja anders erlebt hast.   Leopold recherchierte weiter. Dann kam er drauf! Er verglich die Daten der Stoßstangen von Astra und BMW und erlebte eine Überraschung.

Seine Vermutung war real. Die Stoßstange des Astra lag tiefer als die des betroffenen BMW, jedenfalls bei diesem BMW-Modell. Das ergaben Zeichnungen und Angaben der Modelle. Der Astra konkonnte also – **wie es tatsächlich war** – im Stand vom gewaltigen Gewicht/Druck des Ford beim Auffahren auf die rechte hintere Blinkanlage und beim Seiten-Entlang-Streifen einfach „unter die BMW-Stoßstange" geschoben worden sein.

Leopold und Elsbeth schöpften nun Hoffnung, doch noch Gerechtigkeit zu erfahren. Sie riefen eine befreundete Rechtsanwältin in einer anderen Stadt an und berichteten „vom Fall". Als dann das nicht gerechte Gutachten zur Sprache kam, war klar, dass die Freundin den Fall als Berufung gerne übernehmen wird. Und gemäß dem Spruch, dass „Blut dicker als Wasser ist" sollte dies dann auch so erfolgen.

Leopold fertigte noch am selben Tag einen Entwurf der Berufungs-Schrift, der sodann an die "neue" Anwältin geschickt wurde. Elsbeth und Leopold waren wieder besseren Mutes. Doch – es kam gar nicht mehr zu einer Berufung. Was war geschehen? Ein Brief flatterte den beiden Geschädigten ins Haus – vom Gericht. Warum? Die große Kanzlei mit mehreren Anwälten (Versicherungen beschäftigen oft große Kanzleien, die viele Dinge der Rechtsprechung abdecken können.) hatte beim ersten Anwalt nachgefragt, w i e es denn nun weitergehen soll.

D e r hatte erwähnt, dass die Sache nach dem 1. Termin und dem entsprechenden Ausgang wohl erledigt sein wird. Eine Rücksprache vorher mit Leopold war nicht erfolgt. Die Gegner-Anwälte hatten das Gespräch mit Leopolds Anwalt sehr clever sofort dem Gericht mitgeteilt.

Leopolds Berufung konnte man somit vergessen. Das Gericht wertete die Mitteilung der Gegner-Anwälte entsprechend der Antwort des 1. Anwalts bzgl. „Verfahrensende" als einen Berufungs-Verzicht. Und das Verfahren galt somit als „rechtskräftig erledigt"

Was für ein Rückschlag! „Das Kind war endgültig in den Brunnen gefallen!" Zähne-knirschend mussten sich Leopold und Elsbeth wohl damit abfinden. Dass somit eine Versicherung sehr erfreut war, die andere nicht - ist nachvollziehbar.

Da stehst du mit geballten Fäusten und kannst doch nichts mehr tun – höchst enttäuschend.

Leopold telefonierte mit dem BMW-Fahrer in München. Auch der war der Meinung, dass man mit dessen Aussage des „nur einen Anstoßes", dem Schadensbild hinten und an der Astra-Seite und dem zu korrigierenden Sachverständigen-Gutachten gute Aussicht auf eine positive Entscheidung gehabt hätte.

Jeder mag sich selbst in sich gehend fragen, wie   e r   mit dieser Sache umgeht, wenn man unschuldig ist und doch ungerecht und geschädigt heraus kommt.

So deprimierend auch dieses ganze Geschehen, der Unfall und das, was danach kam, ist, es gibt auch durchaus etwas positiv festzuhalten.

Man mag es ja kaum glauben! Wenn man durch einen nachfolgenden Pkw in einen Unfall „verwickelt" wird, wie der BMW-Fahrer, dann ist man normal doch wirklich kaum erfreut. Der BMW wurde einer Werkstatt vorgeführt, Schaden war aber zum Glück nicht entstanden.

Aber – eben die Ungerechtigkeit an dieser Sache schweißte wohl BMW und Astra zusammen, bzw. deren Menschen. Der Kontakt zwischen ihnen blieb bestehen – bis jetzt, wo dieser Roman geschrieben wird. Sehr viele Male, wenn Elsbeth und Leopold in der Schweiz oder im Südtirol ihren Urlaub verbrachten, dann übernachteten die beiden bei Gertrudis und Willi in Bayern. Jeder Besuch dort ist eine wirklich reine Freude. Und das Gästezimmer bei Willi und Gertrudis freute sich wohl auch schon immer wieder auf die „Nord-Deutschen".

Jeder Tag und Abend war ein Genuss, auch wegen der hervorragenden Genuss-Mittel. Am nächsten Morgen bot der reichlich gedeckte Frühstückstisch einen so schönen Anblick, dass die Trennung umso schwerer wurde.

So ist es also gekommen, dass ein Anstoß auf der Autobahn der Anstoß zu einer sehr schönen und dauerhaften Freundschaft geworden ist.

Immerhin konnte man auch dadurch diesen Unfall zähneknirschend „einigermaßen" verkraften, vergessen jedoch n i e.

Leider griff das Schicksal danach noch ein paar Male in seine Negativ-Ereignis-Kiste.

Der zweite Fall

Vor ungefähr 20 Jahren gab es ein zweites „negatives" Erlebnis. Elsbeth war sehr stolz auf ihren neuen Corsa, den sie ihr Eigen nannte, war Leopold doch tagsüber immer mit dem Astra zur Arbeit in die Stadt unterwegs.

Der Corsa war gerade einmal 3 Monate neu, Elsbeths Zähne schon etwas älter, so dass es dazu kam, den Zahnarzt des Vertrauens im Ort zur Inspektion aufzusuchen – also reine Routine.

Es war angenehm, den Parkplatz direkt vor der Praxis zu nehmen, denn den teilten sich Zahnarzt und die örtliche Sparkasse.

Der Besuch war auch nur sehr kurz, denn nach etwa einer halben Stunde kam Elsbeth zurück zum Parkplatz.

Was sie dort mit ansehen musste, war sehr viel heftiger zu verdauen, als irgendeine Spritze, die aber gar nicht zum Einsatz gekommen war. Der Corsa war hinten links angefahren worden und stark beschädigt! Eine Nachricht oder etwa ein Verursacher war nicht zu erkennen.

Elsbeth verständigte Leopold und die Polizei, die ein Protokoll anfertigte.

Der Sachverhalt war anhand der Spuren klar, schließlich lagen genug Unfallspuren wie Splitter von der zerstörten Rückleuchte herum. Und auch die frischen Spuren im Lack mit Beule deuteten darauf hin, dass hier „etwas" den Corsa wohl im Vorbeifahren oder Ausparken sehr beschädigt hat.

Die Frage, die sich als erstes ergibt: Wer kommt dafür in Frage, wenn niemand zu erkennen ist?

Weitere Ermittlungen waren nicht ersichtlich. Elsbeth und Leopold machten sich Gedanken. Der Schaden muss und kann ja nur innerhalb der halben Stunde entstanden sein, wo Elsbeth in der Praxis war. Da der Parkplatz gleichzeitig der Platz der Sparkasse war, erschien es doch gut möglich, dass jemand in diese Sache verwickelt war, der in der Zeit am Schalter Geld gezogen hat.

Und wenn jemand diese Tätigkeit erledigt, dann könnte man doch anhand der automatisch fotografierten Person und deren Dateneingabe ermitteln, wer sich in dieser Zeit dort aufgehalten hat, was dann weitere Ermittlungen nach einem anderen Unfallfahrzeug möglich machen würde.

Für die Behörden war es wohl nur eine Routine-Fahrerflucht. Nach kurzer Zeit kam ein Einstellungs-Bescheid – für die Versicherung und Elsbeth nur sehr unbefriedigend!

Ein dritter Fall

Bei manchen Dingen gibt es ja immer noch Steigerungen, allerdings auch welche, auf die man nur allzu gerne verzichten möchte.

Dieses Mal trifft das Schicksal eine Radfahrerin, Leopolds Mutter Maria, die zum Zeitpunkt des tatsächlichen Geschehens 84 Jahre alt war.

Maria hatte schon lange ihren Führerschein abgegeben, weil sie diesen einfach nicht mehr benötigte und was in einem bestimmten Alter überlegt werden kann, wenn man Verantwortung hat. Zugleich war es der Sinn, dass der Enkel dann ihren Pkw übernimmt, was für diesen sodann sein erstes eigenes Auto war.

Außerdem fuhr Maria ihr ganzes Leben lang mit einem Fahrrad, was ihr völlig ausreichte, denn weitere Strecken lagen ja nicht mehr an. Sollte ein Pkw mal erforderlich werden, da gibt es ja dann noch den Enkel und ihre Söhne.

Die gängigen Einkäufe konnte Maria auch noch gut zu Fuß erledigen, da die benötigten Geschäfte allesamt fußläufig zu erreichen sind. Und da gab es ja noch immer wieder ein Fahrrad, welches sie an die 60 Jahre lang unfallfrei zum geliebten Schrebergarten brachte.

Dieser Schrebergarten war ihr ein und alles. Sozusagen jede freie Minute verbrachte sie dort, allzeit beschäftigt und mehr als genau, sobald es um Unkraut ging, wenn dieses es wagte, sich irgendwo breit zu machen. Der Garten war per Fahrrad ungefähr in 10 Minuten zu erreichen.

Man kann sich ausrechnen, wie oft Maria die Strecke zum Garten und zurück in diesen vielen Jahren gefahren ist. Der Heimweg ging mal direkt und abwechselnd auch mal durch einen Park nach Hause, der direkt an ihr Wohngebiet angrenzt. Jeder Meter der Wegstrecken war ihr bekannt.

Und nie gab es einen Vorfall, der Gefahr bedeutet hätte – bis zu einem tragischen Tag im Jahr 2018.

Maria hatte als Rückweg das letzte Stück nach Hause durch den Park gewählt. Vielleicht trennten sie noch 2 Minuten, bis sie ihr Fahrrad zu Hause hätte abstellen können.

Daraus wurde dann nichts. Maria konnte sich an nichts erinnern, was dann geschah.

Im Krankenhaus sagte man ihr später, dass sie 6 Stunden lang bewusstlos gewesen war. Und man erklärte ihr sodann, dass sie wegen einem Unfall dort eingeliefert worden war - ein Unfall mit einem anderen Fahrradfahrer.

Die Polizei hatte ein Protokoll erstellt, nachdem ein Mann diese informiert hatte, der allerdings den **Unfall nicht gesehen** hatte, sondern nur ein Geräusch. Er sah hin, bemerkte zwei Personen, die samt ihren Fahrrädern „auf dem Boden lagen".

Der „andere" Unfallbeteiligte war ein etwa 64 Jahre alter Radfahrer, der wohl nicht nur wegen seiner sportlichen Rennfahrer-Kluft schneller als Maria unterwegs gewesen war, was er „selbst" angab. Beide wurden ins Krankenhaus gebracht.

Während Maria die besagen 6 Stunden nicht ansprechbar war, wird der Mann vermutlich einen Verwandten über den Unfall informiert haben, der dann als Rechtsanwalt in Erscheinung trat.

Und während Maria bei einer Vernehmung keinerlei Erinnerung hatte, wie es zum Unfall kam, „behauptete" der Unfallgegner, dass Maria ihm ins Rad gefahren sei – beim Abbiegen, was Maria nun überhaupt nicht nachvollziehen konnte.

So ein Radweg ist ja nun einmal keine Autobahn. Im Raum stand lediglich die Behauptung des Mannes. Einen **weiteren Augenzeugen** – wie der Unfall passiert war – den **gab es nicht**!

„Natürlich gibt es nichts, was nicht irgendwann einmal vorkommt und passiert."– Murphys Gesetz!

Aber **wenn** einem eine Schuld zugewiesen wird, **dann sollte** diese auch wirklich feststellbar sein, denn es sollte in unserem Land kein Urteil gefällt werden, was nur auf einer einseitigen und „unbewiesenen Behauptung" hinausläuft – oder ?

Es kam anders –

es war ein Schock für Maria!

Sie glaubte ihren Augen nicht zu trauen, als sie einen behördlichen Umschlag öffnete.

Maria hielt einen Brief des Gerichts in Händen, in dem das Wort „Strafbefehl" sie anklagend anschrie.

In dem Dokument stand, dass Maria bei dem Unfall eine Körperverletzung im Hinblick auf den anderen verletzten Fahrradfahrer begangen hat.

(!) Als „Zeugen" im Strafbefehl waren angeführt:

a) der andere **Unfallbeteiligte   u n d**

b) derjenige, der die Polizei vom Unfall

informiert hatte - derjenige, **der den Unfall überhaupt** _nicht_ **gesehen** hatte und nur ein sogenannter „Knall-Zeuge" war **!!!**

Alle Bitten und Mühen, diesen Strafbefehl nicht rechtskräftig zu machen und die Akten nochmals der Staatsanwaltschaft zurück zu geben, erfolglos.

Reichlich wurde von Marias Söhnen darauf hingewiesen, dass die Zeugen doch keinesfalls diesen Fall entscheiden können - als selbst beteiligter Unfallfahrradfahrer und als Zeuge, der wirklich selbst <u>nichts gesehen</u> hat, wie es im Protokoll der Polizei-Vernehmung stand.

Dass Maria hier eine Alleinschuld am Unfall hat, nicht akzeptabel. Ebenso hätte der andere Mann diese Schuld haben können, wenn er beim rasanten – wie er selbst sagte – Überholen Maria oder ihr Fahrrad gestreift hat, weil er einfach nicht genug Abstand beim Überholen hatte.

Es kam lediglich die Antwort als Frage des Gerichts, ob Einspruch eingelegt wird.

Natürlich wäre dies sofort der Fall gewesen, allein schon wegen Marias Unschuldsvermutung und seitenlang vorgetragenen Äußerungen, die ein anderes Geschehen deutlich machen konnten.

Nun zeigte sich leider sehr fatal, dass Maria keine Rechtsschutzversicherung im Strafverfahren hat.

Die „Folgen" eines Einspruchs waren nicht klar.

Die Bedenken bestanden darin, dass die Behörden wohl schon ihre Meinung gebildet hatten und auch darin, dass die Kosten trügerisch waren, die dann durch das automatisch erfolgende Verfahren vor Gericht entstehen.

Allein der gegnerische Anwalt wäre als Neben-Kläger-Anwalt schon mit ca. 1000,- € zu teuer für Maria. Und was käme dann noch alles hinzu, wenn sie verurteilt würde?

Die Familie beriet sehr lange - was tun? Ausschlaggebend war dann der Gesundheits-Zustand von Maria, die zutiefst vom Vorwurf der Behörde entsetzt war. Nach jedem Gedanken an diese Sache brach sie in Tränen aus.

Eine Entscheidung musste fallen, eilig fallen. Marias Söhne einigten sich darauf, dass es nicht weiter anzusehen war, was diese Sache mit Maria macht. Nicht auszudenken war, was mit Maria bei einer Verurteilung geschieht. Man fürchtete sich davor, dass „alles" passieren kann. Maria weinte, dass sie es nicht ertragen kann, wenn sie mit „so" einem Vorwurf als Vorbestrafte gilt.

Die Söhne bezahlten die Geldstrafe und sagten Maria, dass die Sache erledigt und eingestellt ist. Tränen liefen trotzdem noch eine lange Zeit lang.

Fall Nr. 4

Es ist bekannt: Immer öfter erfolgen die Warnungen, dass betrügerisch Leistungen erschlichen werden, sei es durch entsprechende Enkeltrickversuche oder Angebote, die Fake sind.

So kam auch ein schriftliches Angebot ins Haus, das so gut aussah, sowohl von der Leistung als auch den Anschein hatte, dass dieses von der langjährigen Telefongesellschaft kommt.

Leichtsinn bei solchen Dingen hat „normal" keine Chance bei Elsbeth. Es wurde 100 % ig davon ausgegangen, dass das Angebot echt ist.

Es ist fast täglich zu beobachten, dass Angebote erscheinen, die natürlich immer gründlich zu prüfen sind. Wie gesagt, es „schien" alles echt zu sein – es ist die eigene Telefongesellschaft.

Es handelte sich voll überzeugt um ein Angebot, dass ein günstigerer Tarif in Frage kommt, wie oft von der „eigenen" Gesellschaft in ankommenden E-Mails erkennbar ist.

Das Angebot wurde dann auch zustimmend zurück gesandt, immer der Meinung, mit „seinem" Anbieter zu tun zu haben. Der Schock kam später.

Einige Tage später beglückwünschte man Elsbeth schriftlich zum „Wechsel" des Telefonanbieters. Auch Leopold war sprachlos, denn auch ihm war das vorherige „Angebot" nicht als Fake aufgefallen.

Die „neue" Telefongesellschaft unterschied sich nur durch einen einzigen Buchstaben von der bisherigen.

Die Telefonnummer hatte hinten alle letzten Ziffern gleich, die Vorwahl kam aus dem Rheinland.

Dass ein neuer Tarif eine andere Kennzeichnung hat, war auch einleuchtend.

Wer kennt schon die genaue täuschend ähnliche Vorwahl sowie die Postleitzahl seines Anbieters, wenn er schon an die 40 Jahre dabei ist und keinen Schriftwechsel führen musste, weil es eine sehr zufriedene Vertragseinheit war.

Natürlich hatte Elsbeth n i e vor, den Telefon-Vertragspartner zu wechseln – was tun ?

Das „Netz" gab Aufschluss darüber, dass schon mehrere Leute hereingefallen waren. Wollte man „da heraus", so war die Hälfte eines Jahresbeitrages „als Entschädigung" zu zahlen!

Einige Verbraucherzentralen waren schon eingeschaltet, Gerichte ebenfalls. Sollte man sich jetzt auf ein Verfahren mit ungewissem Ausgang einlassen? Es gab bereits Entscheidungen, die beide Endmöglichkeiten offen ließen – zahlen oder Auflösung des Vertrages.

Es erfolgte ein mit knirschenden Zähnen geführter Schriftwechsel. Die „wirkliche" und schon sehr lange bestehende Telefongesellschaft konnte nicht helfen, da – wenn auch fraglich – eventuell ein Vertrag zustande gekommen sein könnte. Auch reichte es nicht aus, zu bekunden, dass man auf gar keinen Fall wechseln will. Es musste von der ungeliebten „neuen" Gesellschaft ein Schreiben an die Bestandstelefongesellschaft erfolgen, dass man die weitere Fortführung des Vertrages beendet.

Es war ein langer und sehr schwieriger Kampf. In einer Fernsehsendung war zu sehen, dass jemand, der für Rechte von sich betrogenen Menschen kämpft, Teilerfolge erzielen konnte. Da „strahlte" ein Reingefallener, dass er den Vertrag abwenden konnte, weil es gelungen war, den angeblichen Vertragsauflösungsbetrag von einem Jahresbeitrag auf ein halbes Jahr zu reduzieren. Nun denn, Leopold und Elsbeth waren damit aber keineswegs einverstanden.

Der Kampf um die Annullierung ging also weiter.

Die Vorwürfe der Täuschung an die „neue" Firma wurden wiederholt vertreten und alle Details neu aufgeführt, dass man sich betrogen fühlt.

Und was viele nicht erreichen konnten oder nur zumindest teilweise, das gelang tatsächlich Elsbeth und Leopold völlig und ganz.

Zunächst wurde das Anfangsdatum des „neuen" Vertrages in eine spätere Zeit verlegt.

Wiederum wiederholten Elsbeth und Leopold die Täuschungsversuche und blieben hartnäckig.

Und endlich – es kam doch noch ein Schreiben, dass der neu geschlossene Vertrag annulliert wird. Das Schreiben endete damit, dass man bedauert, Elsbeth nicht als Neukundin bekommen konnte. Wenn sie es sich nochmal überlegt, so wäre sie auch dann noch willkommen.

Ende gut – alles gut ?

Zum einen war es doch noch ein gutes Ende geworden – zum anderen blieb auch hier ein bitterer Beigeschmack erhalten.

Fall 5 - noch zu glauben ?

Im Allgemeinen freuen sich Leopold und Elsbeth über Post – zumindest wenn sie angenehm ist und keine Rechnung enthält.

Als Leopold den Brief öffnete, brachte er zunächst keinen Ton heraus – dann folgte ein mehr als heftiger Fluch, so laut, dass Elsbeth mit fragendem Ausdruck im Gesicht in der Tür stand.

„Lies das mal bitte! Man könnte glatt meinen, dass „Murphys Gesetz" uns als Lieblinge auserkoren hat", sagte Leopold.

Der Inhalt des Briefes brachte auch bei Elsbeth einen Fluch hervor. „Langsam kann das aber alles nicht mehr wahr sein!"

Was war geschehen? Was war der Brief-Inhalt? Da schrieb doch ein bestimmter Service, der seit Jahrzehnten bislang unauffällig (halb-amtlich ?) seinen Dienst verrichtet hatte.

„Sie (hier Leopold) werden aufgefordert, den fälligen Rückstand auszugleichen, der sich aus den folgenden Beträgen zusammen setzt."

Für „Leistungen" wurden fast 700,- € verlangt.

Weiter hieß es im Text:

„Die angegebenen Leistungen (nämlich Rundfunkgebühren) wurden erbracht, jedoch wurde erst jetzt durch das zuständige Einwohnermeldeamt bei einer Prüfung festgestellt, dass Sie seit 2020 unter der mitgeteilten Anschrift gemeldet sind. Die bei Wohnungsbezug anzumeldenden Beiträge waren ab da zu zahlen."

Leopold atmete tief durch. Sein Kragen wurde ihm zu eng. Was muss man eigentlich ertragen, bis einem mehr als nur der Kragen platzt?

Es ist nun einmal so, dass jeder Haushalt eine Rundfunkgebühr zu zahlen hat – müsste eigentlich inzwischen jeder wissen. Auch Leopold weiß das. Nur – die Gründe für die genannte Gebühr im Mahnschreiben sind natürlich völliger Unsinn, regelrechter Blödsinn.

In einem Haushalt lebende Ehepaare haben eben nur die Verpflichtung der Einmalzahlung.

Und – Leopold feiert mit seiner Frau in diesem Jahr bereits den 30. Hochzeitstag. Bereits **seit 1992** ist er im Haushalt seiner Frau **gemeldet.**

Erst recht schoss sein Blutdruck beeindruckend in die Höhe, weil zuvor bereits örtliche Prüfungen bzgl. Meldung und Rundfunkgebühr erfolgt waren.

Bereits 2 x war ein Prüfer (?) persönlich im Hause erschienen. Zweimal hatte Leopold darauf hingewiesen, dass er „mit seiner Frau" hier wohnt, die natürlich seit ihrem Einzug die Gebühren zahlt.

Beim zweiten „Besuch" hatte Leopold schon recht ärgerlich darauf hingewiesen, dass nun endlich mal die richtigen Daten „im System" gespeichert werden sollten, was – wie schon beim ersten „Besuch" - versichert wurde.

Der „Prüfer" hatte schon selbst gelacht, als ihm Leopold die Tür öffnete. Er hatte wohl gerade selbst erkannt, dass er schon einmal hier war und erinnerte sich, dass hier trotz Heirat zwei verschiedene Namen vorhanden sind, die wohl immer noch nicht „im System" vermerkt wurden.

Und nun kam trotzdem dieser unverschämte Brief mit der ungerechtfertigten Nachforderung!

Der sollte sich auf eine Auskunft des Meldeamtes beziehen – mit dem Einzugsdatum 2020 ? Das war durch einen Anruf von Leopold beim Amt nicht nachvollziehbar.

Leopold schickte an den Briefabsender – mit sehr deutlich zu lesendem Unmut – eine Kopie der amtlichen Meldebescheinigung von 1992, eine Kopie der Bescheinigung, dass die Gebühren von seiner Frau gezahlt werden und weiter noch eine Kopie der jetzt fordernden Stelle, die vor einigen Jahren bei ihr ihre Zahlungen bestätigte.

Leopold verwunderte es nicht, dass es eine recht lange Zeit andauerte, bis eine Nachricht bei ihm eintraf – mit dem Inhalt, dass alles erledigt ist. eine Entschuldigung lag nicht anbei.

Fall sechs - absoluter Höhepunkt !

Je länger man im Straßenverkehr unterwegs ist, desto höher ist die Chance – oder nennen wir es lieber die Gefahr - dass etwas „passieren" kann.

Wenn man ehrlich ist, dann muss man gestehen, dass auch manchmal Glück auf seiner Seite stehen muss, um immer mit heiler Haut aus gefährlichen Situationen heraus zu kommen.

Mitte Juni traf dann dieser „Gefahrenfall" ein. Elsbeths schnelle Reaktion verhinderte wohl, dass sie unverletzt davon kam und sie ihren Mann auch heute noch in die Arme schließen kann. Vielleicht war da auch ein Schutzengel im Spiel?

Elsbeth kannte den Weg Meter für Meter. Schließlich fuhr sie den zweimal in der Woche seit weit mehr als 10 Jahre lang.

Auch jetzt freute sie sich schon auf die Therapie, die zu ihrer weiteren Fitness angesagt war. Ihr Ziel war auch heute wieder ein Studio, das Physio-Experten hat und bei weitem nicht nur schweißtreibende Muskeltypen beherbergt.

Nur wenige Minuten waren es noch bis zum Ziel. Und innerhalb von ein oder zwei Sekunden hätte alles vorbei sein können - Elsbeth hätte Leopold dann nicht mehr lebend wiedergesehen.

Wie gesagt – nur noch ein paar Minuten, aber die folgenden Sekunden waren absolut lebensbedrohlich und die Fahrbahn für Elsbeth wurde mehr als eng.

Elsbeth kam ein heller Lastwagen entgegen, normalerweise kein Problem, denn für normalen Verkehr ist die Straße breit genug.

Elsbeth war auf offener auswärtiger Strecke mit ca. 90 km/h unterwegs, auch kein Problem.

Doch plötzlich tauchte hinter dem Lastwagen ein schwarzer Pkw auf und kam ihr auf ihrer Fahrbahn entgegen, auf sie zu wie ein schwarzes und todbringendes Ungeheuer.

Elsbeth riss das Lenkrad nach rechts, fuhr auf den Seitenstreifen und geriet durch ihre einzige Möglichkeit, einem schwerwiegenden Unfall zu entgehen, in die Nähe der Leitplanke, vernahm ein Geräusch, kam Gott sei Dank wieder auf die Fahrbahn zurück.

Der entgegen rasende schwarze Pkw war weg, der Lastwagen ebenfalls. Der schwarze Pkw hatte wohl kein Interesse daran, war sich vielleicht bewusst geworden, was er sich da gerade geleistet hat ? Der Lkw-Fahrer fuhr wohl weiter, weil er (?) einen direkten Unfallschaden nicht sah.

Weitere Fahrzeuge waren nicht in der Nähe, eine Berührung mit den beteiligten Fahrzeugen, insbesondere mit dem schwarzen Wagen, war ja nicht erfolgt, nicht mal mit den Außenspiegeln. Elsbeth fuhr die vier oder fünf Minuten wie im Schock zum Studio und blieb dort an allen Gliedern zitternd stehen.

Dann stieg sie aus und besah sich die rechte Fahrzeugseite. Es waren leichte Streifspuren am Kotflügel zu sehen, nicht einmal eine Beule war vorhanden, der Scheinwerfer zeigte auch keinen Schaden. Der Schaden sah minimal aus.

Immer noch zitternd fuhr Elsbeth nach Hause und bat Leopold zum Auto. Beide sahen sich an, umarmten sich glücklich, weil Elsbeth nichts passiert war. Was sollten sie tun? Zuerst riefen sie ihre Versicherung im Ort an und meldeten den Schaden mit der Schilderung des Ereignisses.

Es war ein reiner Versicherungsfall. Schon zwei Stunden später rief die örtliche Autowerkstatt an, hatte schon den Auftrag zur Reparatur von der Versicherung erhalten, schlug einen Termin vor und bot ein Ersatzfahrzeug an.

Nun galt es, die Polizeibehörde zu informieren. Es gab eine ganze Reihe von Gründen.

erstens: Die Behörden sollten von diesem Beinahe-Unfall Meldung/Kenntnis bekommen.

zweitens: Die Stelle des beinahe Frontal-Zusammenstoßes ist als Unfall-trächtige Stelle – auch in der Presse - bekannt. Auf diesem Straßenverlauf sind schon viele ziemlich schwere Unfälle passiert. Viele in der Umgebung sind schon jahrelang in der Hoffnung, dass dort etwas hinsichtlich einer Geschwindigkeits-Begrenzung unternommen wird.

drittens: Um Unfallschwerpunkte zu erkennen, vielleicht schon zu wissen, aber um weitere Geschehnisse hinzuzufügen, was die Angelegenheit dringender macht, ist – wie auch immer wieder in den Medien zu lesen ist – die Polizeibehörde zu unterrichten, die „auf solche Meldungen angewiesen ist".

viertens: Leopold hat eine lange Berufserfahrung mit der Justiz hinter sich. Bei der Unterredung mit der Versicherung war klar, dass der Schaden nur ein reiner Versicherungsfall ohne Meldepflicht ist – wie geschildert.

Ein Versicherungs-Nehmer hat aber auch die Pflicht, den Schaden gering zu halten und der Versicherung die Möglichkeit zu geben, eventuell Regress von Verursachern zu fordern.

So brachte Leopold die Möglichkeit ins Spiel, ob eventuell der Lkw-Fahrer diese gefährliche Begegnung mitbekommen hat und eine Geschehens-Kamera an Bord hatte, womit das Kenzeichen des schwarzen Fahrzeugs ermittelt werden könnte, als dieser den Lkw überholt hatte.

(...was leider keinen Erfolg brachte, obwohl die Polizei in der Presse eine Suchmeldung nach dem schwarzen Wagen veranlasste.)

Da nicht feststand, welche Polizeidienststelle zuständig ist, weil sich das Geschehnis außerhalb geschlossener Ortschaft ereignete, wurde von Elsbeth eine „Online-Anzeige" im Netz veranlasst.

Die Bestätigung der Anzeige gegen Unbekannt erfolgte durch ein dann zuständiges Polizei-Kommissariat.

Es wurde von dort nachgefragt, ob die Unfallstelle genau zu beschreiben ist, um eventuell dort einen Schaden zu begutachten.

Leopold und Elsbeth fuhren am nächsten Tag mehrmals die Strecke am Geschehensort ab und achteten genau darauf, ob irgendetwas auf eine Stelle hindeutet - wie eine Leitplanken-Beschädigung. Das war nicht ersichtlich.

Dies teilten sie auch der Polizeidienststelle mit. Weiter teilten sie mit, dass es bereits Fotos von der Beschädigung am Wagen bei der Werkstatt gibt, die dort angefordert werden könnten und dass auch die erfahrene Werkstatt aufgrund der Bilder und vom Augenschein her nicht von einer Berührung mit einer Leitplanke ausgeht.

Wie, wodurch und womit ist denn nun die Beschädigung entstanden, wenn die Leitplanke ausfällt?

Elsbeth und Leopold fiel beim Abfahren der Strecke auf, dass am Rand auf langer Strecke sehr viel an Bewuchs zu sehen ist. Und das war nicht nur leichtes Gras. Der Bewuchs kam unter und über der Leitplanke hindurch und ragte in den Seitenstreifen hinein.

Auch dies wurde der Polizeidienststelle mitgeteilt.

Was   d a n n   erfolgte, war ein Geschehen,   welches die Grundfesten von Gerechtigkeit bei Elsbeth und Leopold bis ins Mark erschütterte.

Es kam eine Vorladung zur auswärtigen Polizei-Behörde, um Elsbeth als Zeugin zu vernehmen.

Ihre Hinweise darauf, dass ja nicht das Geringste „weiter" zu erklären ist, weil schon schriftlich alles gesagt ist und auch darauf, dass mit Rücksicht auf ein fortgeschrittenes Alter eine Vernehmung hier direkt im Nachbarort durchgeführt werden könnte, falls sie denn wirklich erforderlich ist und alles schon schlimm genug ist, wenn sie zweimal die Woche dem Ort begegnet, wo sie hätte sterben können, das alles hatte keinen Erfolg.

Da die Polizei mitgeteilt hatte, dass ein Auftrag zur Vernehmung der Staatsanwaltschaft vorliegt, wurde die zuständige Dame der Behörde gebeten, die vorgenannten Hinweise doch bitte zu berücksichtigen und den auswärtigen Termin aufzuheben, was leider nicht geschah. So fand dann die Vernehmung nach einer Fahrt über die Autobahn statt.

Natürlich ließ Leopold seine Frau nicht allein und begleitete sie, die immer noch erschüttert von der Vorladung war.

Nach einiger Wartezeit im Vorraum der Polizeiwache erschien der vernehmende Beamte. Leopold hatte darum gebeten, seine Frau ins Vernehmungszimmer begleiten zu dürfen, sozusagen als beratende Begleitperson.

Das wurde abgelehnt. Es sei dort zu beengt und außerdem könnte auch Leopold noch als Zeuge zu befragen sein.

Hallo – was soll Leopold denn noch für Auskünfte geben, der ja bei der Fahrt gar nicht dabei war?

Leopold saß draußen im Wagen, während Elsbeth über eine Stunde „vernommen" wurde.

Thema war unter anderem, ob der Schaden nicht doch an einem anderen Ort angefallen ist, vielleicht auf einem Parkplatz.

Welche Gefühle können da aufkommen, wenn man Vorhaltungen gemacht bekommt, die auf keinen Fall zutreffen, wie man ja selbst weiß, weil man alles selbst am eigenen Leib erlebt hat!

Mit Gefühlen von Ungerechtigkeit im Kopf und mit einiger Wut im Bauch, die noch lange nachklang, kam man wieder zu Hause an.

Zwei Monate vergingen. **D a n n eskalierte die Situation** insofern, dass jegliches Verständnis von Gerechtigkeit absolut verloren ging.

Die Staatsanwaltschaft hatte ein Verfahren gegen Elsbeth als Beschuldigte eröffnet. Das lautete nunmehr auf „Vortäuschen einer Straftat".

Dieses schrieb die zuvor vernehmende Polizei-Dienststelle und teilte mit, dass die Möglichkeit besteht, sich zu dem Vorwurf einzulassen.

Elsbeth und Leopold sahen sich nur stumm an, zu Worten nicht fähig, was vielleicht auch gut so war. War hier „Murphys Gesetz" im Gange?

Jetzt reicht es aber gewaltig ! Da war Elsbeth nur hauchdünn dem Tode entkommen, was allein ihrer Super-Ausweich-Reaktion zu danken war – und nun kommt man daher, sie als Beschuldigte zu bezeichnen, die Märchen mit falschen Angaben erzählt? Jetzt reicht es wirklich.

Leopold rief im Auftrag seiner Frau, die zu diesem Gespräch verzweifelt nicht mehr in der Lage war, bei der Polizeidienststelle an und kündigte an, dass jetzt Schluss mit lustig ist und ein Anwalt eingeschaltet wird.

Es wurde vereinbart, dass das Gesuch zur Vernehmung bei der Polizei verbleibt, die Vollmacht des Anwalts und eine eventuelle weitere Einlassung abgewartet wird.

Nach einiger Zeit stellte sich heraus, dass dies nicht der Fall war, denn ohne abzuwarten, hatte die Polizei die Akte der Staatsanwaltschaft zurück gesandt.

Ein Anwalt wurde eingeschaltet – in Absprache mit der Rechtsschutz-Versicherung, die nach Einsicht diese Vertretung auch genehmigte.

Leopold hatte auch ein **Foto** angefertigt, das zeigt, wie eng es „damals" zugegangen sein muss. Es zeigt, wie wenig Platz für Elsbeth war, wenn ein Lkw entgegen kommt und dann auch noch ein den Lkw überholender Pkw auf ihrer Spur entgegen kommt. (<u>Foto</u> = Seite 65 im Buch)

Und dann fiel Leopold ein, dass ja außer den Fotos der Werkstatt auch noch das Foto auf seinem Smartphone ist, das er aufgenommen hat, bevor er den Wagen zur Werkstatt brachte.

Das zeigte **eindeutige Reste von Pflanzen**, die das verstärken, am Straßenrand durch das aus den Leitplanken herausragende Gestrüpp gefahren zu sein – als einzigen Ausweg zur Vermeidung des Frontalzusammenstoßes.

Auch diese Erkenntnisse wurden dem Anwalt mitgeteilt.

(<u>Hinweis</u>: Das „Pflanzen-Foto" befindet sich hier im Buch auf der Seite 67.

Und somit ging **das folgende anwaltliche Schreiben** mit Hinweisen auf die Rechts-Grundlage und mit der Äußerung auf volles Unverständnis für die Beschuldigung an die Staatsanwaltschaft.

Az:

- **Äußerung** zum Vorfall vom …. :

Zur Vermeidung von Wiederholungen ist bzgl. des Ablaufs der gegen mich gerichteten Nötigung durch das auf meiner Fahrbahn entgegenkommende Fahrzeug, das mich zum Ausweichen bis nahe der Leitplanke zwang, nichts hinzuzufügen.

Das Geschehen mit allen Folgen will ich trotzdem **weiter erläutern**, um zur zusätzlichen und endgültigen Aufklärung der Sache, die fassungsloses und entsetztes Kopfschütteln hervor ruft, beizutragen.

Der hinter dem Lkw hervorschießende Pkw gab mir keine Zeit, irgendwelche Überlegungen oder Berechnungen anzustellen, um wie viele Zentimeter wir noch aneinander vorbei kommen werden. Wer selbst Autofahrer/in ist, weiß doch, dass hier eine Sekunden-Entscheidung erforderlich ist.

- 53 -

Schließlich drohte hier ein Frontal-Zusammenstoß mit heftigsten Folgen, bis dahin, dass ich dies vielleicht gar nicht mehr hätte schreiben können. (...meine Geschwindigkeit ca. 90 km/h) **Nur durch mein** Blitzausweichen nach rechts konnte Schlimmes verhindert werden.

Die dortige „eigentlich" auf den ersten Eindruck breit aussehende Straße ist wegen ihrer Gefährlichkeit und Unfallhäufigkeit für Radfahrer gesperrt. Auf Gefährlichkeit deuten auch immer wieder die beinahe stets vorhandenen Bremsspuren und die teilweise ausgewechselten Leitplanken hin. Obwohl ein Randstreifen vorhanden, ist dieser **nicht** wie bei einer Autobahn breit genug, dass ein Pkw darauf Platz hat.

Steht unser Pkw dort sehr nahe an der Leitplanke (bei fehlendem Verkehr ausprobiert), so **ragen** ca. 65 cm oder evtl. mehr mit Spiegel **in die Fahrbahn hinein**. Und das außerhalb auf offener Strecke ohne eine Geschwindigkeitsbegrenzung!

An besagter Stelle anzuhalten, das wäre nur in absoluten Notfällen wie beschädigte Fahrzeuge verantwortlich und für Haltende, Überholende (die dann in die Gegenfahrbahn kommen) und natürlich den Gegenverkehr absolut vehement extrem gefährlich.

Wäre dann etwas passiert, wäre mir dies mit Sicherheit ziemlich angekreidet worden! Hinzu kommt, dass das Vorkommnis in einer langgezogenen Kurve passierte, die auch noch ansteigend ist und sich keinesfalls zum Überholen oder Verbleiben geeignet ist. Die Situation mit Unheil vor Augen ist wie ein Schock, was wohl jeder weiß, der über eine gewisse Vorstellungskraft verfügt.

Außerdem waren Lkw und Pkw außer Sicht, so dass es dort an Ort und Stelle nichts zu klären gab. In ca. 15-20 Sekunden ist man bereits in der Linksabbiegespur zu meinem Ziel. In ca. 3-4 Minuten würde ich an meinem Ziel sein, wo ich mir unseren Pkw ohne Gefahr für Leib und Leben anschauen konnte, weil ich beim Ausweichen nach rechts ein Geräusch gehört hatte.

Als ich dann nachsah, stellte ich einen Schaden vorne rechts am Lack fest. Somit war **<u>eindeutig für mich</u>, dass völlig schlüssig die Reihenfolge <u>wie folgt</u> feststand: Ausweichen durch Nötigung – wie geschildert - , Bemerken eines Geräusches beim Ausweichen an den Fahrbahnrand, Nachschau an einem sicheren Ort, Feststellung eines Schadens am Lack, sofortige Benachrichtigung der Kasko-Versicherung, Internet-Anzeige an die Polizei.**

Damit stand für mich auch fest, dass es zu einer Berührung beim Ausweichen gekommen sein könnte. Mein erster Gedanke war, ob ich in Kontakt mit der Leitplanke gekommen bin, da keine Fahrzeugberührung vorlag. Mit immer noch zitternden Gliedern versuchte ich, auf mich zugeschnittene Übungen zur Erhaltung meiner Fitness (2 x die Woche seit ca. 10 Jahren) im Zentrum mit mehreren Physiotherapeuten für ca. 1 Stunde durchzuführen, was mir in etwa gelang.

Auf der Fahrt zurück nach Hause kam ich dann wieder an der besagten Stelle vorbei und war, wie man sich denken kann, froh, nach ca. 20 Minuten wieder Zuhause zu sein, wo ich meinen Mann bat, sich unseren Pkw anzusehen.

Immer noch schockiert und zornig wurde dann unverzüglich Anzeige bei der Internet-Seite der Polizei gestellt, auch deshalb, weil nicht gleich erkennbar war, wo die Zuständigkeit bei einer Straße zwischen Gemeinden auf offener Strecke liegt – und um eine weitere Belastung nach dem schrecklich Erlebten zu vermeiden.

Für die **Schadensmeldung** reichte ein einziger Anruf bei unserer Versicherung in, da es sich um einen **versicherten Kasko-Schaden** handelt, egal wie er passiert ist. Wir haben es nicht nötig, Märchen zu erfinden.

Eine Beschönigung oder Verlagerung auf andere Schuldige war und ist absolut nicht nötig und - auf diese Sache gesehen – allein nur schon in einer Vermutung äußerst beleidigend und unfassbar. Ich habe noch nie mit Fahrzeugen etwas angerichtet und habe altersbedingt eine Menge Erfahrung im In- und Ausland gesammelt. Mit meinem früheren Mann haben wir eine eigene Fahrschule geführt.

Mit der Versicherung wurde auch das Thema Leitplanke behandelt, ob da im Zusammenhang evtl. eine Rechnung für eine Schadensbeseitigung kommen könnte. Nachdem mein Mann sich den Schaden am Wagen angesehen hatte, war dies aber nicht wahrscheinlich, da es ja nur eine „Vermutung" wegen dem Geräusch war und da jetzt bei weiterer Betrachtung dies das Schadensbild eigentlich nicht hergab, denn es gab nicht einmal eine Beule – außer Lackkratzern.

<u>Noch am selben Tag</u> meldete sich (**auf Veranlassung der Sachbearbeiterin der Versicherung** - die im übrigen die Gefahrenstrecke selbst nur zu gut kennt, da sie in der Nähe wohnt und mehrfach täglich dort fährt) die Reparaturannahme vom Autohaus. „Ihr Pkw kann bereits am nächsten Nachmittag um 15 Uhr zur Reparatur abgegeben werden – ein Ersatzfahrzeug ist in ihrem Versicherungspaket. "

Mein Mann sagte ihm, dass es nicht eilig ist, weil ein Pkw am nächsten Tag nicht erforderlich sei und weil er nicht unbedingt einen fremden Automatik-Pkw fahren möchte. Ein Schaltwagen stand erst am Tag darauf zur Verfügung. Es wurde die Pkw-Abgabe für Mittwoch vereinbart.

Mein Mann brachte sodann den Wagen früh morgens zur Firma. Dort wurden die Formalitäten für die Schadenbeseitigung aufgenommen und Fotos gefertigt. Anhand des Schadensbildes schloss man den Schaden mit und an einer Leitplanke aus. Zu erwähnen ist noch, dass vorne rechts etwas aufgesprungen war, dass eine Verzahnung zu sehen war, die mit der Hand einfach zurückgedrückt werden konnte. Vor der Vorführung an die Werkstatt fertigte mein Mann für sich noch selbst ein Foto vom Schaden. Um genau und sicher für sich selbst zu beurteilen, wie schwer dieser sein könnte, beseitigte er **vor** dem Foto – wie er mir sagte – noch Restgemüse (**Pflanzenreste**) aus dem Radkasten. Wir waren inzwischen zu 100 % überzeugt, dass der Schaden beim Durchfahren des Seitenbewuchses, der v o r der Leitplanke war, entstanden ist. Haut man allein mit Wucht schon mit der Hand durch so einen dichten Bewuchs, wird man das empfindlich spüren.

Man kann evtl. sogar Verletzungen davon tragen, was auch darauf ankommt, w a s dort gerade wächst oder liegt und sehr hart sein kann, ggflls. noch aus Restbeständen vorheriger Mäharbeiten, die mehrmals durchgeführt wurden und immer noch nach unseren Beobachtungen auch Reste übrig und stehen bleiben.

Wir selbst hatten nur einen Schaden aus unserer Kasko-Versicherung von 150,- € und sonst außer der Versicherung, die vertraglich – wie geschildert – den Schaden begleicht, niemand. Mein Mann hatte in der Firma gefragt, ob wegen der geringen Kratzer eine Farb-Angleichung ausreicht. Als Fachmann wurde aber erläutert, dass dies ein abgedeckter Versicherungs-Kasko-Schaden ist und bei nur einer Angleichung nachträglich Schäden auftreten können, wenn das Vorderteil am Pkw nicht ganz abgenommen, bearbeitet, lackiert und wieder montiert wird. Besonders die Enden zu anderen Teilen sind da gefährdet. Durch diese Montagearbeiten ist auch die Schadenshöhe höher geworden, als bei nur einer Angleichung.

Außerdem hat die Firma. festgestellt, dass die Lackschicht besonders ist und mit einem Durchgang mehr lackiert werden muss, als vorgesehen. (unser Pkw ist nicht einmal 4000 km gelaufen)

Kann man sich vorstellen, w i e hoch die Wucht
sein muss, **wenn ein Pkw** – wenn auch nur kurz –
durch solchen Bewuchs mit ca.90 km/h rast ?

Nach der Abgabe zur Reparatur wurde die
Versicherung benachrichtigt, dass die Leitplanke
wohl nicht in Mitleidenschaft genommen wurde (
Schadensbild). Die Bilder der Werkstatt wurden
ja auch nach dort gesandt und der Auftrag
letztendlich bestätigt.   Auch gingen die Bilder ja
auch   wohl   an   die   Polizei.
Außerdem habe ich dann eine weitere Nachricht
an die Internet-Polizei versandt, dass die
„Vermutung Leitplanke" wohl **nicht zutrifft** und
der Schaden nur durch das o.a. geschilderte
Durchfahren des Bewuchses entstanden sein
kann.   Eine weitere sonstige plausible Erklärung
war für mich nicht vorhanden.

Zur Vermeidung von Wiederholungen sei noch
gesagt, dass ich es für meine Pflicht hielt, auch
die Polizei zu verständigen, nicht nur wegen der
gegen mich erfolgten Rücksichtslosigkeit, sondern
auch wegen der weiteren Meldung als
Unfallschwerpunkt. Wie sich auch aus einem
„anliegenden Bericht einer Zeitung" ergibt,
kann die Polizei oder eine sonstige Behörde nur
Schwerpunkte ausmachen und Gefahren
entgegen wirken, wenn sie entsprechende Infos
und Meldungen erhält.

Außerdem hat man die **Pflicht**, den Schaden für seine Versicherung gering zu halten, wie allgemein bekannt ist. Hätte der Lkw-Fahrer z.B. das Geschehen erkannt und evtl. eine Dash-Cam gehabt, wäre evtl. eine Mitteilung erfolgt, weil das Kennzeichen des überholenden Pkw`s dann ermittelt werden könnte. Außerdem hätte man dann einen Zeugen gehabt. Allerdings war diese Hoffnung von Anfang an auch nach Absprache mit der LVM sehr gering, denn meistens wird eher weg-geschaut, bevor man sich Unannehmlichkeiten ins Haus holt. Aber es war eine nicht völlig auszuschließende Möglichkeit und die wurde genutzt. Wohlgemerkt: **Eine Anzeige war lt. Versicherung <u>nicht verpflichtend</u>** !

Des Weiteren wird auf eine „weitere Anlage" aus der Zeitung hingewiesen, die den Zustand „rund um ...." hinreichend schildert. Der überholende Pkw-Fahrer in meiner Sache hier hatte anscheinend auch keine Lust mehr – hinter einem Lkw her zu fahren und nutzte wohl aus, nach Wegfall der durchgezogenen Linie - von der Q1-Tankstelle aus gesehen - den unmöglichen und super-gefährlichen Überholvorgang ohne Rücksicht auf Verluste zu beginnen.

Aufgrund der Verkehrslage und der Raserei wurde <u>inzwischen</u> eine Blitzanlage auf der weiterführenden Strecke aufgebaut.

Schlussendlich sei gesagt: Ich bin am besagten Tag zeitlich wie immer losgefahren, um gegen 9 Uhr anzukommen. Nach dem „Vorfall" habe ich wie geschildert meine Übungen gemacht und bin - wie immer – zur normalen Zeit wieder zu Hause gewesen und habe meinen Mann informiert. Nirgendwo auf der Strecke kann bei Hin- oder Rückfahrt der Schaden anders als geschildert passiert sein.

Fazit: **Ein Anruf** bei der Versicherung **wäre alles gewesen!** Nur weil ich meine Bürgerpflichten ernst nehme und nicht zu den Nicht-Hinschauern gehöre, ist jetzt eine Beschuldigung entstanden, die mich entsetzt und nicht nur mir, sondern inzwischen auch meinem Mann gesundheitlich durch z.B. Schlafstörungen zusetzt.

Es ist schon weit mehr als nur traurig, was ich ohne eine geringste Schuld hier erdulden muss, aber mir nicht gefallen lasse. Im Nachhinein tut es mir aber Leid, Arbeit gemacht zu haben, obwohl sicherlich auf Grund dieses gefährlichen Vorfalls die Anzeige angebracht war. Nachdem was aber dann folgte, ist vielleicht künftig zu überlegen, wie man sich verhält, weil dieses Verfahren total abschreckend ist.

Wenn man vielleicht meint „Na, da ist wohl ein älteres Semester irgendwo gegen gefahren" dann finde ich dies sehr abscheulich, verletzend und diskriminierend. Da hat PHK ...... ein anderes Bild gehabt **„Sie sind aber noch fit" !, sagte er.**

Jedes Mal, wenn ich 4 x in der Woche (hin und zurück) an „d e r Stelle" vorbei komme, hoffe ich, dass die bösen Bilder einmal verschwinden werden.

Nachtrag: (s e h r   w i c h t i g !!!)

Wie bekannt und hinreichend erläutert wurden die Fotos der Werkstatt an die Versicherung gesandt. Wurde auf diesen **nur** die eigentliche Kratzstelle gezeigt und **nicht etwa** der gesamte vordere rechte Bereich **???**

An das erwähnte Foto Seite 58 im Buch vor Abgabe zur Reparatur wurde sich jetzt wieder erinnert. Bei einer genauen Betrachtung und Verschiebungs-Möglichkeiten auf dem Smartphone sowie die mögliche Ausschnitt-Vergrößerung **fällt etwas auf !**

Das Smartphone-Foto **zeigt nicht nur** Lackkratzer,

sondern auch Spiegelungen, Regentropfen

u n d (!) eindeutige (!)

Pflanzenreste am Pkw unten
vorne rechts !!!

Diese Sache ist unverzüglich und endgültig einzustellen !

Vermerk:

Die Bilder auf den Seiten 65 und 67 hier im Buch wurden dem anwaltlichen Schreiben beigefügt.

Dies ist ziemlich genau die **besagte „Stelle"** aus der Sicht von Elsbeth <u>bei ca. 90 km/h</u>.

Und jetzt stellt man sich vor, dass ein Pkw hinter dem Lkw hervor auftaucht und Elsbeth auf ihrer Fahrbahn entgegen kommt !!!

Kein Mensch dürfte auf die Idee kommen, dass ein ungefährliches Befahren von einem Lkw und zwei Pkw`s „nebeneinander" möglich ist.

Was wäre passiert, wenn Elsbeth nicht reaktionsschnell voll nach rechts ausgewichen wäre.......?

Ein Höhepunkt / Aussage eines Polizeibeamten
ist die Bemerkung wie folgt:

Es ist genug Platz.

Bei Seitenstreifen von **2** Metern (?)

braucht man nicht durch die Sträucher zu fahren!

Und damit gab er die Akte an die
Staatsanwaltschaft zurück.

Wie kann man so etwas behaupten,

wenn die Seitenstreifen „wesentlich schmaler"
sind ?

Wie kann man so etwas behaupten,

wenn man gar „keine Ortskenntnis" hat ?

(siehe dazu die Angaben

zum Seitenstreifen Seite 52 und 54 im Buch hier)

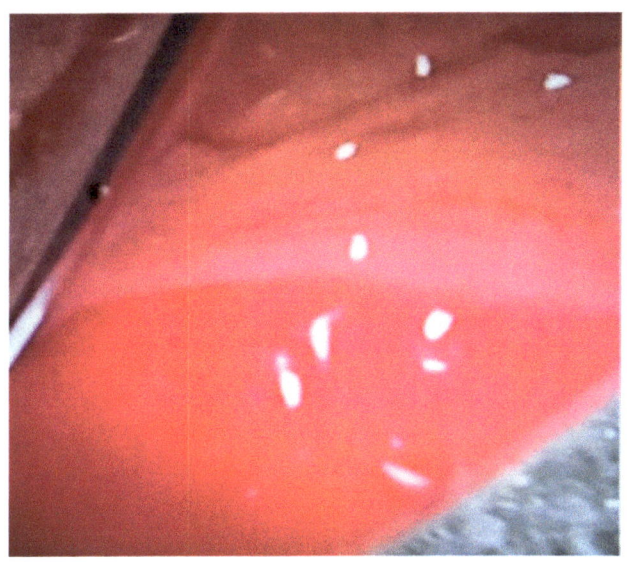

Vermerk:

Die Fotos auf Seite 67 hier im Buch

zeigen eindeutige Reste von Pflanzen,

die ebenfalls die Richtigkeit aller Angaben

von Elsbeth bestätigen dürften

und vom durchfahrenen

Gestrüpp am Rande herrühren.

Leopold war zum Parkplatz zurück gegangen und saß wieder in seinem Wagen.

Den Umschlag hielt er immer noch umklammert.

Irgendwie kam es ihm vor, als ob dieser Umschlag immer heißer in seinen Händen wurde.

Leopold legte seinen Kopf zurück und dachte ein letztes Mal nach.

„Was mache ich hier?", dachte er. „Lohnt es sich, diesen Umschlag mit all seinen Folgen einzuwerfen? Würde sich etwas ändern, daran ändern, was alles geschehen war, besonders diese Sache mit Elsbeths Beschuldigung?"

Leopolds Gefühle und Empfindungen schwankten hin und her, so sehr, dass ihn dabei schwindelte.

Zuviel hatte er in über 40 Dienstjahren bei der Justiz gesehen und erleben müssen, was nicht alles passieren kann, viele unerfreuliche Dinge.

Dieser letzte Fall, wo seine Frau zur Beschuldigten gemacht wurde, der hatte sein Rechtsempfinden erheblich gestört oder zerstört?

„Murphys Gesetz" scheint es wirklich zu geben, dass alles was passieren kann, auch irgendwann, irgendwem und irgendwo passieren wird.

Leopold dachte daran, wie dieser letzte Fall behandelt worden war. Die Sachbearbeiter hatten gewechselt. Wollte keiner eine Entscheidung treffen? Und dann hatte dieser Polizeibeamte auch noch mit seiner unsäglichen Vermutung an der Glaubwürdigkeit von Elsbeths Angaben die weitere Abgabe in der Behörde veranlasst, wodurch jetzt Elsbeth „als Beschuldigte" zu vernehmen ist – wegen Verdacht auf Vortäuschung einer Straftat – welch ein Hohn!

Geglaubt hatte Leopold immer, dass man in einem Land lebt, wo bewiesen werden muss, dass man etwas falsch gemacht haben könnte.

Hier war alles auf den Kopf gestellt. Elsbeth musste beweisen, dass ihre Aussage richtig ist?

Murphy hatte zum Schluss nicht gesiegt. Eine fähige und jetzt neu zuständige Sachbearbeiterin hatte begriffen, dass hier eine Verfolgung im Gange war, die für Elsbeth grausam sein musste. Das zusammen mit dem Anwalt verfasste Schreiben hatte Wirkung gezeigt.

Fatal, dass Elsbeth auf die Einstellung des Verfahrens 9 Monate lang warten musste.

Und welche Gefühle, Sorgen und Verzweiflung über den Verlauf der Anzeige auftraten, das kann sich nur jemand ausmalen, der dies mitmacht.

Leopold legte den Briefumschlag aus der Hand. Ein letztes Kopfschütteln, ein letzter Blick zum Nachtbriefkasten der Behörde, Entscheidung.

Vergeltung war nicht das, was er wollte. Das war nur Gerechtigkeit, das war ein Verfahren, welches zumindest zu einer Entschuldigung bei Elsbeth führen soll. Das war ein Verfahren, das zum Nachdenken in einem Fall führen sollte, was eine nicht gesicherte Meinung für Folgen bei den irrtümlich Beschuldigten haben kann.

Leopold hatte genug Erfahrung. Einerseits wusste er genau, was sein Briefumschlag anrichten wird.

Denn Mitarbeiter/innen von Behörden fürchten fast nichts mehr, als wenn eine gegen sie gerichtete „Dienstaufsichtsbeschwerde" eingeht.

Letztendlich traf er seine Entscheidung, den Brief nicht auf die Reise zu schicken, nur im Sinne von Elsbeth. Denn was würde die Folge sein?

Alle Gedanken kämen wieder verstärkt hoch, wenn das Verfahren gegen Mitarbeiter/innen durchgeführt würde. Auch Elsbeth würde noch einmal angehört werden, würde sich auch noch einmal äußern müssen. War es das wert ?

Letztendlich hatte die Wahrheit doch für Elsbeth gesiegt, allerdings mit ziemlichem Beigeschmack.

Und der letzte Trost war, dass die Sache jetzt endgültig vom Tisch war, ein Triumph gegen Vorwürfe gesiegt hatte, ein Verfahren beendet war, das für Leopold und Elsbeth zu schlaflosen Nächten geführt hatte, zu Wut und Verzweiflung, die einen Nachgeschmack für Anzeichen von Körperverletzung durch Falschbeschuldigung zum Nachteil der Eheleute hervorgerufen hatte.

Von einem Ruhmesblatt für Behörden kann wohl zumindest in diesem Fall keine Rede sein.

Leopold startete den Wagen und fuhr nach Hause. Gemeinsam besiegelten Elsbeth und er diese Geschichte, indem sie den Briefumschlag in den Kamin warfen.

Es gab ein letztes Auflodern, als der Brief in den Flammen zerfiel, die letzte Seite noch kurz abhob und dann endgültig in den Flammen verschwand.

Zu vermuten ist, dass trotz alledem in den Köpfen der Eheleute diese Sache wohl nie so ganz verschwinden wird.

E N D E

Infos zum Autor:

- **Wolfgang Pein** gehört schon längst zu den Autoren, die eine sehr große Bandbreite zu den verschiedensten Bereichen aufweisen. Seine bisher erschienenen Kriminal-Romane handeln von gebrochenen Versprechen bis zum Messer, dass als Tatwaffe eine Hauptrolle spielt.
- Der Autor legt Wert darauf, dass diese Romane nicht aus seiner mehr als 40-jährigen Justizzeit kommen, sondern aus seinen eigenen Ideen.
-
- Seine **Tiergeschichten** gehören meistens dem Tierschutz und dem Zusammenleben von Mensch und Tier.
- Seine **Kinder- und Tierbücher** treten nach und nach zum Vortrag in Kitas und weiteren Einrichtungen an.
- Die 3 besonderen **Reisebücher über Irland und Schottland** handeln von selbst erlebten Begegnungen mit Land und Leuten, sind sehr privat gehalten, mit schönen Erlebnissen vor Ort.
-
- Diese begeisterten im Zusammenhang mit einem Lichtbilder-Vortrag über Schottland das zahlreiche Publikum.

- Auch wurde der Autor Teil eines Buchprojektes („Der letzte Satz"), das für das **Kinderhospiz „Löwenherz"** ins Leben gerufen wurde.

-

- Es gibt auch ein fertiges **Projekt**, in dem der Autor **mit Neuautoren**, die noch keine eigene Geschichte herausgebracht haben, ein gemeinsames Buch mit Kurzgeschichten aufgelegt hat

-

- Sein 21. veröffentlichtes Buch „ **Liebe in Zeiten des Todesstreifens**" spielt in den 70-er Jahren und **handelt von einem Paar mit einer wahren dokumentierten Geschichte**, das die Familienzusammenführung von Ost und West erreichen will und den auftauchenden Schwierigkeiten. Dabei spielt eine Stasi-Akte eine große Rolle.

- Dieses Buch hat bereits der Beauftragten für Kultur und Medien in Bonn vorgelegen im Hinblick auf eine kommende politische Woche **zum Jahrestag des 30-jährigen Mauerfalls** und großes Interesse hinsichtlich der Aufarbeitung von geschichtlichen Ereignissen erzeugt.

- Es kam der Hinweis, für das **Koordinierende Zeitzeugenbüro in Berlin** tätig zu werden, einen Beitrag zur politischen Bildung für junge Menschen, z.B. junge Lehrer zu leisten.

-

- Sein Buch „Am Ende siegt (vielleicht) der Mensch" **handelt von der „K I – der Künstlichen Intelligenz"**, vielmehr davon, was trotz aller Fortschritte für die Menschheit „auch" passieren kann. Es ist ein Zukunft-Thriller, der in der Schweiz 2021 spielt, in dessen Mittelpunkt ein Wissenschaftler steht, der einstmals im CERN verantwortlich war, sowie ein Computer-KI-Programm, das eigene Wege geht.

-

- Ein von ihm selbst ins Englische übersetzte und in Schottland spielende Buch wurde von **Prince William und Princess Kate** mit entsprechender sehr positiver Antwort **aus dem Kensington Palace** sehr gerne mit Dank behalten.

-

- Von der Sekretärin der Queen, der ebenfalls das Buch nach Balmoral Castle in ihren Sommersitz geschickt wurde, kam zwar sehr freundlicher Dank, aber das Buch zurück.

-

- Es gibt dort eben die Vereinbarung im Buckingham Palace gibt, Geschenke nur bei Staatsempfängen zu behalten.

-

-

- Aber die rot-farbig gestalteten **Antwort/Briefumschläge aus dem Buckingham Palast** waren es allein wert. Und der Postbote meint dann immer:„ Mann – was bekommst Du immer für eine ungewöhnliche Post!"

-

- Und ein weiterer Höhepunkt ist wohl unumstritten eine **Einladung ins Schloss Bellevue nach Berlin** mit der offiziellen Einladungskarte des Bundespräsidialamtes mit goldenem Bundesadler und dem Text: **„Der Bundespräsident bittet** Herrn Wolfgang Pein im Rahmen der Reihe ……. ! Ja - richtig gehört, der Bundespräsident persönlich gestaltet dort ein Gespräch in der Reihe „Geteilte Geschichten", die zum 30-jährigen Mauerfall aktuell sind und ungefähr 50 Personen am 25. Oktober 2019 dort im Schloss in Anwesenheit des Bundespräsidenten teilnehmen dürfen.

- Nach dem Podiumsgespräch mit zwei bekannten Autorinnen und anschließender Diskussion mit den Teilnehmern bittet der Bundespräsident noch zum Empfang.
-

Das Bundespräsidialamt hat bei der Ankündigung der bald eintreffenden Einladung versichert, dass Walter Steinmeier sein Buch „Liebe in Zeiten des Todesstreifens" ganz sicher in Händen und begutachtet hat, wohl positiv, so dass es zu dieser fantastischen Einladung kam.

- (Alle **Original-Schreiben** liegen selbstverständlich zum Beweis vor.)
-
-

- **Der 2. Roman über die Künstliche Intelligenz** folgte mit „Am Anfang war es nur diese eine unbedachte Sekunde". Dieser Roman ist in sich extern abgeschlossen. Für den Leser/die Leserin des ersten **K I** ist er als Fortsetzung zu verstehen.

-
- Eigentlich nicht beabsichtigt, aber <u>nun erschienen</u>, ist jetzt auch sein **3. Roman mit K I.**

-

- Und auf Wunsch seiner Fans ist <u>jetzt</u>
-
- <u>auch eine</u> **Trilogie der 3 Romane über die Künstliche Intelligenz erschienen**.
-

   - **– 452 Seiten –**
   -
- **siehe** nachfolgende Aufstellung -

... **bisher** wurden **veröffentlicht:**

- **The adventures of two sheep friends**
(in Englisch - ISBN   83732233328)

-

- **Schafe mähen nicht nur Gras**
(Roman - ISBN 9783738606584)

-

- **Schafe brauchen auch mal Urlaub**
(Roman - ISBN 9783739241074)
- **vier letzte Tage im Februar**
(Kriminal-Roman - ISBN
9783743195417)

-

- **Schaf-Geschichten aus dem schönen
Vinschgau (Italien)**   (farbig –
ISBN 9783837079241)

-

- **Sheep Fight For Freedom**
(in Englisch - ISBN 9783741279713)

-

- **Eine falsche Badehose im Haifisch-
Becken kann tödlich sein**
(Kriminalroman 260 Seiten –
ISBN 9783744835091)

-

- **Irland und ein etwas anderes Irisches
Tagebuch**   (ein farbiger Reisebericht
-       ISBN 9783744837996)

- **ein tödlicher Workshop**
Kriminalroman - ISBN 9783746037028

- **Ruhe sanft oder wie ich im Keller
endete** (ISBN 9783744895286)
Eine **Akte** erzählt aus ihrem Leben.

-

- **Schottland und ein etwas anderes
Schottisches Tagebuch** Reisebericht
- ISBN 9783746012582
-

- **Sorry, leider kann ich nicht
vergessen!** (ein Kriminalroman- ISBN
9783752835533)
-

- **Liebe in Zeiten des Todesstreifens**
(ein <u>Tatsachen-Roman</u>/Bericht
ISBN 9783738610352)
-

- **Ferien beim Froschkönig**
(<u>Kinder</u>-Buch- ISBN 9783746093185)
-

- **Manchmal sind Pläne für die Katz**
(ein Justiz-Thriller - ISBN
9783752886313)

-

- **Von Ameisen in Gefahr und einem sprechenden Brunnen** (ein <u>Kinder</u> - Buch – ISBN 9783746093185)

-

- **Drei Könige im Abendland oder wie es dazu kam, dass sie im Jahr 2012 immer noch die Krippe suchten** (Winter-Geschichten– 783748128939)

-

- **Wenn aus Feinden Freunde werden können oder Lehrstunden aus dem Reich der Tiere** (
  ISBN 9783748157410)

- **welcome in Irland** (ein **weiteres** Irisches Tagebuch mit **36 Farbseiten** - ISBN 9783739244693)
-

- **Ein Experiment mit Autoren, die ihre ersten Geschichten vorstellen** (Tiergeschichten – ISBN 9783748158417)
-

- **Am Ende siegt (vielleicht) der Mensch** (ein Computer-Thriller über Künstliche Intelligenz – ISBN 9783750452916)
-

- **Am Anfang war es nur diese eine unbedachte Sekunde** ((auch **K I** - ISBN 9783751967358)
-

- **Wenn des Grabes Stimme spricht** (der 3. **KI**-Roman, ISBN 9783751918404)
-

- **Wenn Tiere Hilfe brauchen – gut, dass es dann Freunde gibt** (ein Kinder-Buch mit vielen einzelnen Tiergeschichten, ISBN 9783752668032)
-

-   Was Kinder sich damals zu Weihnachten wünschten,   1942 erdacht, geschrieben und auch bebildert von einem   12-jährigen Mädchen

-   (eine Weihnachts-Geschichte und Kinder-Träume in schwierigen Zeiten – ISBN 9783752691481)

-

-   Purzelmann`s Abenteuer

-   (…die abenteuerliche Geschichte eines kleinen Hasen - ISBN 9783753421452)

-

-   Künstliche Intelligenz – Kontrollverlust nicht auszuschließen(<u>452 Seiten</u> = die zusammen gefasste <u>Gesamt</u>-Ausgabe <u>aller </u>3 KI-Romane   ISBN 9783753497723)

-

-   Warum erzählt die Maus   dem Kater wohl Geschichten?

-   (ein <u>Kinder</u>-Buch über eine sehr seltene und ungewöhnliche Freundschaft -

-    ISBN 9783754313251)

- **Notwehr oder Schicksal -**
eine Frage der Ansicht
- (5 „besondere" Kriminal-Geschichten
über merkwürdige Todesfälle
- ISBN 9783754340400)
-

- **Schottland – einmal ist**
nicht genug
- (der 2. Illustrierte eigene Bericht über
Schottland - ISBN 9783756200283)
-

INFOS unter: **bod.de/buchshop**
oder wolfgang pein bücher bilder
(alle Bücher **auch als E-Book**)

- Bei Anwahl **bod.de/buchshop**
im Netz oben in die Spalte Autor =
nur eingeben: Wolfgang Pein.
-
- Es erscheinen alle Bücher.
Beim Klick auf die Cover sind Infos
über Inhalte und Autor zu finden.
- Die Bücher sind in jeder
Buchhandlung „bestell-bar" oder über
Bestell-Verlage – in ganz Europa und
den USA, **am liebsten aber bei
meinem BoD-Verlag** HH-Norderstedt.
(**dann** hat der Autor **auch** mehr davon)